JN190302

その言葉はゴーヤのように

佐川亜紀詩集

Sagawa Aki

土曜美術社出版販売

詩集　その言葉はゴーヤのように＊目次

Ⅰ　月の海

Ⅱ　その言葉はゴーヤのように

詩集　その言葉はゴーヤのように

Ⅰ　月の海

月の海　—高良留美子氏追悼（1）

月はみずから光る
アフリカの太陽
アジアの星々と
照らし合い

月はみずから知る
戦争は少女の心を押しつぶした
飢餓がまねく人間のあさましさ
学童疎開のさびしさ

月は光を求める
学問に身をささげ　政治家として立ち
女性の声を言挙げした偉大な母を持ち
愛と苦しみは深く　戦争責任を考え

月は水の星を悲しむ
川が集まる場所を求め
核と差別をなくす未来を想像し
世界を旅して詩人と出会った

月はいつまでも光る
女の産みと響き合う月のリズム
原発を憂い　男の文明に抗し
月の海は砂漠と満潮の言葉を発し続ける

月の乳房　―高良留美子氏追悼（2）

廃墟から生まれた光る創(きず)
世界の裂け目から出る芽

その人の腕がアフリカの草を抱く
その人の耳がロサンゼルスの騒音を聞く
その人の目は物の奥をみつめる

在日女性詩人の言葉を求めて　真夏に
病気の体で詩集を編みに出かけた

母が開いた女性の学問と政治への道
母が戦争中に残した影
妹の若い死は氷のペンダント

褐色の乳房が詩と音楽を飲ませる
灰色の乳房が新しい知を探させる

母の水平線と分断線で
苦しみ続けた人
乳房は川であり　石であり

韓国の水原（スウォン）で朗読した詩「鳥の宇宙」
傷ついた鳥たちをかかえる木

月は乳房　ほとばしる銀河
月は子宮　星の三角州に血がめぐる
女性の体は宇宙のリズムを持っている
日本の廃墟から生まれたもっとも豊かな実
いま土に還って　天から乳を降り注ぐ

アンネとアマル

ガラスの階段の一段一段に
花弁がまかれたように血が一滴ずつしたたっている
帰り道を忘れないための目印
けがれとされても源からの血　潮の満ち欠け
ジャングルの中で美しい樹に伝わって流れる血
自分の中に張り巡らされた舞台　生と死のステージ

都市で生きるための生理用品　血は隠された
コロナ禍であらわになった「生理の貧困」

世界中で生理用品を買えない女性がふえた

日本で生理用品「アンネナプキン」が
発売されたのは一九六一年
社長の坂井泰子が『アンネの日記』から名付けた
「生理があるたびに（といっても、いままでに三度あったきりですけど）、面倒くさいし、不愉快だし、鬱陶しいのにもかかわらず、甘美な秘密を持っているような気がします。*」
アウシュヴィッツに送られる前に十四歳の少女が
自分の成長に生命の甘美な神秘を感じ
体のオルゴールを開けるようにときめいた
女性が月経の時　小屋に隠され　遠ざけられた歴史
生理を命の光源と見直したいアンネナプキン
アンネが隠れ家に閉じ込められ

人々のやさしく温かい手触りを欲した思い

病院が爆撃されたパレスチナのガザで
アマルは妊娠中の体が瓦礫の中に埋まった
奇跡的に生まれた娘サラ
命を守る家もない
流産した妊婦　殺された妊婦
がりがりにやせた新生児
生理用品もなく全身の傷から出血するパレスチナの少女
吹き飛ばされた乳房から流れ出す赤い血

日本の女性の子宮にあてられた柔らかい繭
世界の崩落と　生のめぐりがこめられた
失われゆく鳩の羽のようなナプキン

＊　アンネ・フランク著　深町眞理子訳『増補新訂版アンネの日記』より引用。

参考　田中ひかる著『生理用品の社会史』。
　　ユニセフ報告書（二〇二四年一月十九日付）。

女たちの言葉は水路

——アフガニスタン亡命女性詩人・ソマイア・ラミシュの呼びかけに応えて

女たちの言葉は水路
すべての人を生かすための
地球の命を育てるための
体と心に流れる水と言葉
せき止めないで　涸らさないで

女たちの言葉は花
全身に日を浴びてそれぞれの虹を差し出す

光を両手いっぱいに抱えるように
色とりどりの花びらの衣装を四方八方にひろげる
花を踏みにじらないで

女たちの言葉は樹
高く高く知性の梢をのばす
感性の幹を太らせ　言葉をたくさん茂らせて
世界の知の森を豊かにする
樹を切り倒さないで

女たちの言葉は大地
土地の苦しみと悲しみを吸い上げ
土地から生まれた実りをかみしめ
新しく土地を耕す

大地を血で汚さないで

女たちの言葉は針
破れた服をつくろい　美しい布を縫い
針のように小さな希望の道でも
繋がりの糸を通そうとする
創造の針を奪わないで

アフガニスタンの積み重なる苦しみ
アフガニスタンの苦難を知らない日本の私たち
アフガニスタンに水路を引いた中村哲氏の営みを
少しでも日本で受け継ぎたい

女たちの暮らしと言葉に水路を

せき止めないように
涸らさないように

緑の女たち

「り」の形につま先立ちして光を捜す
「み」の形に腕をからませる緑の女たち
荒らされた土地も
今は無人の朽ちた店舗を抱き締めるように
むさぼるように野太い草の腕がからみあう
牛の骨も
人の骨も
街の骨も混ざり合う
赤ん坊の頭部も葉の唇に溶かした

すでに廃墟になっている私にも
つやつやした緑のへびを
頭に巻いた女がやってきて
大切なことを話さなかった口に
とてもひんやりした海の体を寄せる

「ど」
緑は地球の始まりの音を響かせる
開いた宇宙の口から混沌の濁音があふれる
音が出会う濁音の喜び
声の濁流が旋回する
沖縄のミドゥリ（新芽）を
生えさせる力

失われる緑の真珠の粒たち
まがまがしい文様が
地につづられる

灰色の乳

遠い日に草原の幾億の緑の糸にからめられ
牝牛座のふりしきるしずくを受け
魚のルビーの粒がぎっしり咽喉まで詰まる
貝のぬれた辞書が海の系図を教えてくれた
あの黄色い乳に赤ん坊が吸い付いた日

けれど
いま　わたしに満ちているのは灰色の乳だ
憎悪をほとばしらせ

至る所に墓を掘らせる
「夜明けの黒いミルク」[*1]がしたたる
わたしたちに新しい夜明けを養うよう迫る光

いま
子どもの心をざりん　ざりんと割った
死者を三度殺す　ぐごり　ぐごり　ぐごり
他者をぱっと消す
わたしはたちまち敵を断定した

海は生命の乳であふれていたはず
生命の海にも灰色の乳を流す
カムイチェプ[*2]の目にみつめられる
ふたつの時計　片目はつぶされたまま

奪われたすみかをさらに奪う
グルクン[*3]が方言札を吐き出す
ヤマト言葉に方言札の網が投げられる
魚は海の祈りの姿で泳ぐ

＊1　パウル・ツェランの詩「死のフーガ」より。「迫る光」はツェランの詩集名（飯吉光夫訳）。
＊2　カムイチェプ＝アイヌ語で「鮭」。
＊3　グルクン＝沖縄語で「タカサゴ」。

Ⅱ　その言葉はゴーヤのように

その言葉はゴーヤのように

その言葉はゴーヤのように星を育てる
王国を奪われた苦さを舌に伝える
切ると緑の太陽から問いがあふれる

その言葉は黒糖のような大地の甘さ
作った者が食べられず召し上げられた
飢餓と疫病と戦争でさまよう夢の果て

その言葉は珊瑚のように広がる

海を渡って枝を延ばし言葉の森をつくる
いま森は枯れ　燃え始めた

その言葉は骨で書かれた
集団自決を迫られた家族の骨で
崖にまで追い詰められた少女の骨で

その言葉はデイゴの花のように
木槿の花のように咲き続ける美
散る華ではなく

その言葉は犯された子宮から生まれた
怒りの声が波立ち　子宮に昇る赤い月を讃え
子どもはみな愛されるように

その言葉は「ぬちどぅたから」
「命どぅ宝」
沖縄から贈られた未来を照らす言葉
いくさ世を超える源の言葉

私たちが返礼するのは
基地なのか
生贄なのか
衰えるヤマトも大国への貢ぎ物
言葉もなくいそいそと供え物になる私たち
嵐の世界の中
揺られながら行き交う小舟のような
ゴーヤの柔らかい果肉のような

言葉を生かし続けることができるだろうか

蝶の新聞

石垣島を舞う蝶オオゴマダラ
ゆったり大きな白い羽に黒いまだら模様
新聞蝶とも　南国の貴婦人とも呼ばれる
沖縄の新聞社が苦闘した歴史も刻印する
鱗粉で書かれた蝶の言葉
人智もＡＩも感知できない記事が潜む

蝶の新聞が伝える島の不吉な変貌
「世界の昆虫館」がある

緑の丘から見える
森林を切り裂いた土地にうごめく
アメリカザリガニロボットのような
何台もの大型クレーン車
自衛隊の駐屯地を　宿舎を築く
詩人・八重洋一郎氏の
指先が予言する危機

増殖する基地　ミサイル配備
若者たちが共喰いに狩りだされる
辺境から集められ嘘をふきこまれたロシア兵
住居を砲撃され家族を殺されたウクライナ兵
多額の奨学金を負った米兵
貧しい農村出身の中国兵

空腹をかかえた北朝鮮兵
Ｋポップアイドルも徴兵される韓国兵
衰えた日本で徴兵されそうな若者たち
見えないハサミをこっそり出し
土地の血管を切っているのは私か

オオゴマダラの蛹は
金色に輝き　毒を持つ
日本の毒を喰らいながら
独自の毒と飛翔をはらむ新聞蝶
エメラルドに輝く波のページの底に
滅びた文明の文字が透けている

奄美の炎の鳥

無数の美を秘めた奄美
田中一村が魂で描いた奄美の美
「神は明と暗のはざまに生きる」
「奄美の生命力は暗き部分に宿る」*
クワズイモとソテツが迫る大胆な構図
日本画の道を孤独につきつめ　枠を超える
ピカソの画集にも親しんだ
生のみなもとを告げる炎のアカショウビン

幼くして中国の南画を描く天才と称えられ
東京美術学校に入ったが　結核により退学
貧窮のなか　自分の絵だけをもとめ
五十歳で奄美に渡る
奄美和光園でハンセン病療養者に頼まれ
故郷にいる患者の肉親の肖像画を表した

ゴーギャンはタヒチの人を描いたが
一村はおもに植物　動物　海
「ニライカナイから来て　ニライカナイに帰る」
人が来る前の凄みのある自然
人がいなくなった後の生命力に満ちる自然
アダンにこもる宇宙
ビロウに流れる緑の銀河につらなる命

一村が奄美と出会ったのは一九五八年
米軍政は奄美群島を一九五三年に「返還」した
一村が描いた美しい奄美を破壊する新たな軍の影
生と死の森を行きかう炎の鳥

＊　小林照幸著『神を描いた男・田中一村』より引用。

参考　南日本新聞社編『日本のゴーギャン　田中一村伝』。

んーぶに復帰

いん（海）の
んーぶ（へそ）に帰れ
のこり少ない体の水がさわぐ
琉球にヤマトが復帰すべき
命を大切にするのはどっち
宮古島は　んぬぅつ（命）
命に帰れ　地球がさけんでいる

「ん」で始まる言葉が多い宮古島

命のしりとりが続く言葉
んきゃーん（昔）の沖縄戦は
んま（今）につづく
ん　ん　ん
跳ねている波
跳ねている宇宙

ヤマトの犠牲になる　危機の標的に
んば　んば　んば（いやだ）
黒い腹が見える　真っ黒な腹
へそや　腹を無惨にまき散らした
戦争の跡を隠して
とうとい骨を基地の土台にして
んば　んば　んば

焼かれた地球がわめく
「ん」は終わりではない　つなぐもの
「ん」はへそ
宮古島のおしえ
海のみみで聞き　海のくちで話した言葉
いん　んーぶ
いん　んぬぅつ

参考　「宮古島キッズネット」。

Ⅲ　雨傘と心臓

雨傘と心臓

街を埋め尽くした雨傘
新鮮な心臓がむき出しで
ばくばくしているみたいに
香港の咲きほこった朝顔の群れ
雨傘の中に新しい星が生まれ始めたが

閉じられた口
リンゴの文字はつぶされた
私たちの苦さは

汚れた海水でしかつながっていないのか
夜光虫ほども光れない
民は
目を針で突いて見えなくした奴隷を
意味する漢字
英語の奴隷もアクロポリス民主主義から
アヘンの甘い悪夢も見せた

わたしは
左手も右手も
骨の折れた雨傘を
差し出すふりをする
かつて心臓を突き刺した
銃剣に似た傘を

株価の折れ線にそって曲がる
ぐにゃぐにゃの骨のように
ゆがんだ傘を
土砂降りのなか
かさかさに渇いた心臓がある
傘の中に光る生の滴がまだ
したたっている

竪琴（サウン・ガウ）

彼女が撃たれたとき
くずれ落ちる髪の弦が世界をかき鳴らした
空に釘付けされたなめらかな肉体
散らばる光の絹糸
地の無防備な裸身に無数の弾痕
血の音符がいたるところに飛び散った
亡骸を抱きしめるやわらかい背も撃たれた

かなたの自分から吹く風に

母から　父から　吹く風に
まだ知らぬかがやく調べに
土地が踊り出す旋律に乗って
宇宙のリズムをたずねて
人々が歌い出す旋律を求めて
鳳凰の大空の舞をこめて
自由の舟で進み始めた
自ら風に鳴る竪琴

素手の同じ人間に銃を向ける軍という戦慄
引き金に指をそえている私
逃げて看板のうらに隠れる私
日本のビールの泡にも
血だらけの子どもたちの顔が浮かんでいる

小説『ビルマの竪琴』を書いた作家は
戦中に日本の学生たちを戦地に送った
帰ってこなかった学生
作家の思いは
戦地に残って　帰らずに
死んだ人々を弔う僧に託された
音楽で敵も心を通わす祈りがこもる竪琴
仏教のレリーフに刻まれたビルマの竪琴
サウン・ガウ
ビルマの人々の死は悼まれたのか
ミャンマーの人々の生を助けたのか

苦しみの旋律が鳴っている

死者を悼み
自由を守るため
日本に向けて
悲しみの弦がかき鳴らされている

器と冠

スープを分け合うために
作られた希望の器
いっぱいの口で
食べ合う器が
ひとりひとりの冠になる夢

命をすくう器のひろがりが
地の楽器を響かすはずなのにひび割れ
大国の欲望の渦が激しさを増し

血の地図に塗り替えようとしている
福島原発事故後に南相馬市に
励ましのメッセージを送ってくれた
青空と麦畑の国の人々

コーラの国も
コーランの国を爆撃した
人々に劣化ウラン弾をあびせた

日本もアジアの土地と身体に痛みを残した
領土争いは傷口をひろげる
死者の骨が埋まる土も辺野古の基地建設に
被爆者の祈りをかき消し

核に冠をかぶせるのか

高い樹に積もった雪の冠が
子どもたちの亡骸に落ちて崩れる
人間は地球の緑の器をこわしている
一人の冠ではない
ひとりひとりの心に草冠をかぶせる
日本の平和への芯を守ること
世界の叡智を結晶させた不戦の誓い
言葉は精神の花粉を受け継ぐことができるか
みんなで飲む春の水のために

空の瞳

赤ん坊の瞳
真新しい宇宙
洗われた青空
金色の橋がかかる夕焼け空
この世界はふしぎな生き物で
いっぱい
瞳はきょろきょろしながら
寄り道しながら
思いがけないおもしろさを発見する

敵をまっすぐ高速で探す現代の空の瞳
ドローンが飛び交う戦場
そこに赤ん坊がいても
狙いに無駄はなく
効率的に瞳が突き刺さる
青空を見上げたまま横たわる子ども
赤ん坊と一緒に血にまみれた母
大国の強欲が命を奪いつづける
大国の侵略に抵抗するために
性能を上げる無人兵器

わたしもいつしか遠回りや
横道めぐりをめんどうくさがっている

近道の落とし穴に入っている
宇宙が傷だらけになる時代
星の奪い合い
いのちがますます見えなくなるとき
空の瞳に地球一粒の涙がたまる
目には童がいつまでも必要
海で生まれたばかりのぬれた瞳
人のおぞましい欲望をこえた
漆黒の宇宙の宝石

素足の川

素足に川が流れて
おまえは三つの流れなのだから
いわし雲を映して
記憶の家を運んで
水車を回して
花車から一輪ずつ投げ捨て

二本足のものは罰を受けよ
川に鎖のようにつながれて

三本足で感じなさい
一本腕でつかみなさい

ねじれた足元にわらわら
きのこが生えてきて
ばらばら焼けた雲が降って来る
人と魚を大量に焼くと同じ臭いだと

素のものも　源も見失いながら
急速に闇に向かってあふれてゆく

足が地球に書いた文は果てしない支流
大事に運んでいるのは何なのか

溶けた小さな足が空を蹴っている

川はいつも素足で駆けてゆく
川は文字を生む
長い長い大腿が地平に開かれて
奇妙なものが陽と月と交信する

魂のきらら

人からうすくはがれて
なんまいもなんまいもはがれて
目を射るように
まぶしく吹き飛ばされた
記憶の皮膚はきららのように
積み重なり
刃のように
川の肉を
切って

木の霊を
したたらせて
記していくのだ
記憶がいつか光り出すまで
済州島の万丈窟
雲南の石林
雲になった母の
黒い乳を口に受けることも
できない
いくつもの季節を閉じ込めた
氷をぐちゃぐちゃに踏み
血走った足跡だけを
あの人のただれた肩に
押し付ける

言葉の皮膚もどんどん
はがれて
失った魂を呼びたい
破れた靴に祈りを
消えかけた文字が
戸をたたき続ける
子どものようにやわらかい

沈む島　沈む言葉

紅葉狩り　一瞬の地の星まつり
青い空に南海の魚たちが泳ぐ
二十五億の子どもたちが手を振っている
喜び　それとも　助けを求める最後の呼びかけか

暮らしが根付いた土地が沈む太平洋の島々
氷床が溶けて億年の物語を語り出す
南極の氷が溶ければ沈む東京
大震災で自然の力に

叩きつけられたわたしたち
原発事故で助けられなかったひとびとの最期の息が聞こえる

町が巻き上げられる
湖がひびわれた顔をさらす
もう足元まできている
沈み始めた太平洋の島々には日本の戦闘機のむくろが残る

四月を残酷な季節に変え
花の声に耳をかたむけなくなり
樹の手を握らなくなり
霜柱を　土の鍵盤を鳴らすこともない朝

島が沈んでゆくとき

わたしたちの言葉はむなしく吐く息のように水面に
あぶくとして消えるだけなのか
深く沈んで　滅んだ文明の億年の静けさから再生するのか
言葉の中に地球の時間を
ミジンコの重さを　ツツジの闘いを
かくされた民の歴史を
プラスチックの破片のように漂うわたしの言葉に
こめることができるだろうか

T型定規と毛筆

父は大きなT型の定規を使い線を何本も引いて数字を入れ機械の設計図を描いていた。線と数字でしかもう自分を表せないかのように。故郷の土地も都会の地面も所有できずに線の上を転がるように、点から点へ飛ぶように生きる。定規は感情を計る、望郷を遮断する。原発作業用ロボットの製図は郷愁だろうか、復讐だろうか、ただ暮らしのためだろうか。

母は獣の毛を束ねて漢字を書いていた。無数の獣と人間を殺して文字は書かれた。絶えず弔いが続き、黒い字を何人もの人間がおびただしい回数を書き重ねて字は生き延びた。羊の群れを鞭打ち、食べ尽くす。大きな羊を神への供え物とした。国の旧字は村と矛。村でも矛がある。国も村も家も矛があり盾がある。

T型定規は底辺で餓死した人間の骨盤と背骨であり、無縁の遺骨が紙に撒かれた。骨盤の孔が三角なのが男で、丸いのが女である。また、T型定規は男性器であろう。土地と人間を開発し、工場を設け、快楽を土地の隅々まで行き渡らせ、価値を決めて、市場を広げる。

毛筆は夜を渦巻かせた。毛も文字も未だない全文を夢見るが、いつも始まりの文字と終わりの毛に円環する一片にすぎない。失われた肉体は幻の手足の痛みだけが残る。これから生まれる文字をいつも光と感じてしまう。電子ペンでむきだしの総毛立つ欲望があふれる。水子がさまよい、小さな骨が浮き上がる。

定規と毛筆はいさかいながらむつみあい、私はぐにゃりとした線の繰り返し、書き損じであり続けることを贈物か罰のように感じた。

舌

人はどれほど受け継ぐ者か。文字を読む舌。体の地図も読む舌。分厚い花弁は、つねに満たされる味を凶暴に探している。食べることと、話すことが同一の器官にあるという不思議。そこからも、言語の肉食性がうかがえる。

ある音を発音できない恐れのため、赤ん坊の時に、舌の付け根に切れ目を入れなければならない家系。日本語という言語だけに特有のものか。あらゆる言語に対応する処置なのか。

親に抱きかかえられ、一瞬で処置される行為ではあるが、それは医学的判断か、国家の強制か。親はこの社会で生き延びる自己のゆえに、子どもに施術を強いるのかもしれない。性器切除の伝統が思い浮かぶ。

代々、発音の不適格性を持って生まれてくる家系。その異形の舌によって発音される文字を想像する。通常の顔とはやや違う文字。木は凪を逃がし、未知の湧き水があふれる。


美しい発音という強固な花の縄は強い。その家系のなかだけで、その土地のなかだけで、なされる発音。別の色合いに染められた世界は、切断により厳しく矯正させられる。

だが、あるとき、突然、気まぐれにあからさまな矯正は止む。

隠微な矯正と指弾が続く。

自己の固有の肉体に根付いた発音を切ることで、自己をかろうじて生きるのか。それとも、永遠に切り離された自己を求める過程こそ自己なのだろうか。

Ⅳ　百の秋

百の秋

鶴の羽が折れたまま
百の秋の冷たい指先
地の底に潜み続ける裂け目
九月の日差しはいつまでも暑い

大型車が行き交う危ない道
歩道橋を渡って
朝鮮人納骨塔まで歩く
こんなに近い橋を遠ざけていた

うす赤い無窮花が風にゆれている
やわらかい花弁の手のひらが魂の血を受ける
金色の花柱がともす灯

日本語を押し付けられ
日本語を言って
首切られた人々の
朝鮮語を発する喉笛が草の旋律をふるわせる
ひっそり　小さな納骨塔

トラックで運び込まれ
無縁墓地に大きな穴を掘って埋められた
日本人と違って大地震後の火災ではなく
火傷が少なかったとも

解放後に蓮勝寺に同胞によって改葬された
別の地の記憶と反省の記念碑さえ
無惨に壊され
百年後にちぎられた友好の紅葉
更地の沈黙
染めてゆく黄昏の日輪

日本の貧しい土地から来た人々も
集まり働いた鶴見の町
鶴は飛び交い
打ち落とされた羽が半島をおおった

百年後に韓国の詩人に問われる

福島原子力発電所の「核廃水」を海に流すことを
百年後に朝鮮半島の人々から問われる
日本の「記憶と反省」を

ヒロシマの被爆少女が祈り続けた
折り鶴
波にぬれ　無数のちぎれた羽が
アジアの海をさまよう

うだる秋に腐った実が各地で落ちる
色あざやかな実がなる秋はまだ来ない

さしすせそのピ*

さみだれ　しぐれ　みだれ
すだれ　ゆれる　ゆれる地と心
ゆれて　地が裂け　心も裂け
かくされていたものが
むきだしに
知らないふりで
知っていた　あの国は
あの人たちのもので
決してわたしたちを許してはいない

大日本帝国語を言ってみろ
さ　ピ　し　ピ　す　ピ　せ　ピ　そ　ピ
トンニプ* ぴ　へーバン* ぴ
百年たった今も　ゆれて　切って
原発避難民を切って　漁民を切って
切って　自分が強くなったような
（弱くなったのに）
もっとむごく殺して
殺して　偉い国になったような
（戦争をする国になったのに）
すいれんの葉をころがる水玉に
すぎないわたしたちの
ひらがなのたおやかな心根に潜む
蛇のように怪しく

幻なのに長く続き根をめぐらすもの

＊　ピ＝朝鮮語で「血」。トンニㇷ゚＝「独立」。ヘーバン＝「解放」。
「さしすせそ」の検問使用については、石川逸子著『オサヒト覚え書き　関東大震災篇』（一葉社）九一ページを参照した。

鳥の影

空の檻　影を奪う網　金の罠
多色の羽に守られて命は飛ぶ
はじまりの海をわたる

飛ぶに憧れ
奪うに憑かれた
日本の百五十年
ついに若鳥を艦艇に突っ込ませた
光の卵が割れて一瞬で樹の心臓まで蒸発させた

土地と言語と名と命を奪った記憶を
消す言葉　歪ませる言葉が擬餌として撒かれる
航路に埋まっている数知れぬ骨
どうして人が文字を持てたのか
どうして文字の歴史を作ったのか
足の骨に　手の骨で書く
こなごなになった恥骨から血が滴り止まない
血は女たちの声の雷雨となる
鳥は自分の影を連れて飛ぶ

今は　思想の羽をなくし
下に下を思わせるプログラム

チカップ[*1]が吹雪の空に舞う
ウミドゥヤー[*2]が基地の刃の風に向かう
オスプレイが東京を笑いながら横切る
セロウン　セ[*3]が遅すぎた春を告げようとする
未知の新しい鳥が私の闇を突っつく
古びた鶏冠を載せる日本に首をかしげる

＊1　チカップ＝アイヌ語で「鳥」。
＊2　ウミドゥヤー＝沖縄語で「海鳥」。
＊3　セロウン　セ＝朝鮮語で「新しい鳥」。

「来者」

小さな部屋
多磨全生園に国本衛*さんを訪ねた時の
ためらい　恐れ　それを見透かしたうえで
国本さんはほほえんで迎えてくれた

天刑　天の刑罰ではなく
人が造った収容施設　重監房を設けた所もあった
植民地下の朝鮮で多かったハンセン病
土地収奪による貧しさと不衛生

十四歳（一九四一年）で発病したとき　日本は戦争の最中
兵隊に病気が広まることを阻止するためにも
隔離収容された

日本の敗戦　特効薬・プロミンの登場
人間としての言葉を求めて
詩誌「灯泥（ひどろ）」をハンセン病詩人の手で創刊
「創刊号」の詩「瞳孔の恋人」で
「人間が地球の端を行く
狂った時計をさげ」と文明を批判した
「又しても新しい病気（やまい）は
画面一ぱいに
夜の白描をなした」
コロナウイルスの時代を予言したような詩句

ハンセン病詩人の創作活動と作品発表に力を尽くした
大江満雄は
ハンセン病者（ライ者）を
未来を啓示する「来者」と呼んだ

次々と新しい感染症を招く　人間の現代文明
国を追われる人々を生み出す
大国の欲望　暮らしを壊される人々

国本さんが著書に記してくれたサイン
「闘う生、幸いなり
國本　衛」

国本さんがかわいがっていた人形
国本さんの言葉が詰まった
幼児型の人形に触れるのにもおじけづいた
人形に語った幼い頃の朝鮮語も
日本で生きた日本語も　聴き取れないまま
「来者」の言葉が濃い影と未知の光を放つ

＊　国本衛（くにもと・まもる）　本名・李衛（イ・ウィ）　詩人筆名・国本昭夫。多磨全生園で「灯泥」発行。ハンセン病違憲国賠訴訟全国原告団協議会事務局長として国本衛名で『生きる日、燃ゆる日　ハンセン病者の魂の軌跡』など執筆。

参考　大江満雄編・詩集『いのちの芽』（国立ハンセン病資料館・復刊版　二〇二三年）より

国本さんの1

国本衛さんは算数が得意だったのが自慢
人は数字に置き換えられない
でも　だれでも1人である

ハンセン病者もひとり　ひとりの人間
国本衛さんの願い
李衛（イウィ）もひとりの人間である

国本衛もひとり

国本昭夫もひとり
李衛もひとり
家族とのつながりを隠すため
民族とのつながりを消されたため
さまざまな名前に変えなければならなかった人生
合わせてひとり　それぞれひとり

1本の木のように立っている
鼻が欠けても　指が欠けても　足が欠けても
立っている
水平線のひとすじのように横たわっている━
病臥している水平線
横たわっても水平線
どこまでも続く

1　満ちている　欠けている

わたしは李衛さんを　国本昭夫さんを　国本衛さんを
ひとりとして見ただろうか
ひとりとして見た時にわたしの中にひとりの芽が生えたのに

一人がつながるはるか遠く光る水平線

通訳者

朝鮮半島の軍事境界線近くの
韓国臨津閣平和ヌリ公園で
凧あげする
たくさんの親子

凧は地上の手に握られながら
天の高みをめざす
未知の言葉をさがすように

日本で朝鮮半島の危機がふくらまされて
かつて風船爆弾を作ったころの
けなげな愚かしさになだれこみそうな時

韓中日詩人祭の通訳をしてくれた李さん
三カ月前まで
軍事訓練についていたという
「北とにらめっこをしていました」
韓国語が通じるのに
会話が一番むずかしいとは
近代に日本語が押しつぶした韓国語
日本大使館前の慰安婦「少女像」を守る
若者たちの意見も彼が伝えてくれた

詩人は通訳者
言語が通じなくても共通語を求める
地と天をつなぐ宇宙の会話
未来の声　過去の木霊
樹のうた　川のいのり
破壊された街のうめき
無人の村の風音
最も伝えたいことを
心から心へ
世界の軍事用語を越えて

*

対話

ぬめっとした夜が口から出て
舌を弾にする
昨日まで
言葉の千色の森を描いていたのに

お互い
こわれていることや
ぎざぎざの通り道を知ること
またまちがえる

爆撃の瓦礫が重なる狭い道をやっとたどるあなたに
わたしはあたたかい罠の水を差し出すかもしれない

ちぎれた文字を川に浮かべる
われた壜から鳥を夢見る

その憎しみは聖地のものだけではない
わたしのもの
あの正しさは物語のせいだけではない
人間の物語

違うことに
風や泉を感じることができるか

離れても
遠くの星をみつめていられるか

人間の話
爆撃された病院
わたしの指す言葉と
あなたのこみあげる言葉は違う
その深い谷を
渡る
言葉ではない言葉
言葉である言葉

あとがき

二〇一七年上梓以来の単行詩集です。

私が詩を投稿していた頃からご指導頂いた尊敬する高良留美子さん（一九三二年～二〇二一年）のご逝去はたいへん残念で、追悼詩を書かせて頂きました。

現代文明による破壊、戦争、女性への抑圧、民衆への弾圧は悲惨さを増しています。

苦難がのしかかる沖縄、朝鮮半島、アジアの言葉から多くの教えを受けました。詩は非力かもしれませんが、言語は異なっても、少しでも世界につながる可能性に驚かされ、励まされます。

発表する場を与えて下さった詩誌、同人誌、評論誌、韓国詩誌「詩評」、詩選集『詩の檻はない～アフガニスタンにおける検閲と芸術の弾圧に対する詩的抗議』等にご尽力頂いた皆様に心から御礼申し上げます。初出作品の大半に手を入れて収めました。

出版に際し、高木祐子社主、装幀家の森本良成様などお世話頂いた方々に感謝いたします。

二〇二四年九月

佐川亜紀

著者略歴

佐川亜紀（さがわ・あき）

1954年　東京都生まれ
詩　集『死者を再び孕む夢』（1991年）（小熊秀雄賞、横浜詩人会賞受賞）
　　　『魂のダイバー』（1993年）
　　　『返信』（2004年）（詩と創造賞受賞）
　　　『押し花』（2012年）（日本詩人クラブ賞受賞）
　　　『さんざめく種』（2017年）
　　　『佐川亜紀詩集』（2022 年）
評論集『韓国現代詩小論集』（2000年）
共編書『在日コリアン詩選集』（2005年）（地球賞受賞）
共訳編書『日韓環境詩選集　地球は美しい』『高銀詩選集』『李御寧詩集』
　　　『金達鎮詩集』『韓国・光州事件の抵抗詩』など
韓国・第五回昌原 KC 国際詩文学賞受賞（2014年）
日本現代詩人会、日本詩人クラブ、横浜詩人会、日本社会文学会会員
現住所　〒 222-0012　神奈川県横浜市港北区富士塚 2-22-27　佐藤方

詩集　その言葉（ことば）はゴーヤのように

発行　二〇二四年九月一日

著者　佐川亜紀
装幀　森本良成
発行者　高木祐子
発行所　土曜美術社出版販売
〒162-0813　東京都新宿区東五軒町三―一〇
電話　〇三―五二二九―〇七三〇
FAX　〇三―五二二九―〇七三二
振替　〇〇一六〇―九―七五六九〇九
DTP　直井デザイン室
印刷・製本　モリモト印刷
ISBN978-4-8120-2839-1　C0092

© Sagawa Aki 2024, Printed in Japan